Nota para los padres y encargados:

Los libros de *Read-it!* Readers son para niños que se inician en el maravilloso camino de la lectura. Estos hermosos libros fomentan la adquisición de destrezas de lectura y el amor a los libros.

 El NIVEL MORADO presenta temas y objetos básicos con palabras de alta frecuencia y patrones de lenguaje sencillos.

 El NIVEL ROJO presenta temas conocidos con palabras comunes y oraciones de patrones repetitivos.

 El NIVEL AZUL presenta nuevas ideas con un vocabulario más amplio y una estructura gramatical más variada.

 El NIVEL AMARILLO presenta ideas más elevadas, un vocabulario extenso y una amplia variedad en la estructura de las oraciones.

 El NIVEL VERDE presenta ideas más complejas, un vocabulario más variado y estructuras del lenguaje más extensas.

 El NIVEL ANARANJADO presenta una amplia de ideas y conceptos con vocabulario más elevado y estructuras gramaticales complejas.

Al leerle un libro a su pequeño, hágalo con calma y pause a menudo para hablar acerca de las ilustraciones. Pídale que pase las páginas y que señale los dibujos y las palabras conocidas. No olvide volverle a leer los cuentos o las partes de los cuentos que más le gusten.

No hay una forma correcta o incorrecta de compartir un libro con los niños. Saque el tiempo para leer con su niña o niño y transmítale así el legado de la lectura.

Adria F. Klein, Ph.D.
Profesora emérita, California State University
San Bernardino, California

Translation and page production: Spanish Educational Publishing, Ltd.
Spanish project management: Jennifer Gillis/Haw River Editorial

First Spanish language edition published in 2007
First American edition published in 2003
Picture Window Books
5115 Excelsior Boulevard
Suite 232
Minneapolis, MN 55416
1-877-845-8392
www.picturewindowbooks.com

First published in Great Britain by Franklin Watts, 96 Leonard Street, London, EC2A 4XD
Text © Jillian Powell 2000
Illustration © Amanda Wood 2000

Printed in the United States of America.

Library of Congress Cataloging-in-Publication Data
Powell, Jillian.
[Recycled! Spanish]
¡Todo se recicla! / por Jillian Powell ; ilustrado por Amanda Wood ; traducción, Clara Lozano.
p. cm. — (Read-it! readers en español)
Summary: Miss Drew's efforts to teach her class about recycling are very successful.
ISBN-13: 978-1-4048-2689-2 (hardcover)
ISBN-10: 1-4048-2689-0 (hardcover)
[1. Recycling (Waste)—Fiction. 2. Schools—Fiction. 3. Spanish language materials.]
I. Wood, Amanda, ill. II. Lozano, Clara. III. Title. IV. Series.

PZ73.P694 2006
[E]—dc22   2006004201

¡Todo se recicla!

por Jillian Powell
ilustrado por Amanda Wood
Traducción: Clara Lozano

Asesoras de lectura:
Adria F. Klein, Ph.D.
Profesora emérita, California State University
San Bernardino, California

Ruth Thomas
Durham Public Schools
Durham, North Carolina

R. Ernice Bookout
Durham Public Schools
Durham, North Carolina

PICTURE WINDOW BOOKS
Minneapolis, Minnesota

La clase de la señorita Rita
aprende a reciclar.

—Hagamos una caja para reciclar
—dijo la señorita Rita.

—La pondremos en la entrada.

Unos llevaron botellas.

Otros llevaron latas.

Otros llevaron periódicos,

cartones de huevo y ropa.

Muy pronto, la caja estaba casi llena.

—La próxima semana la llevaremos
al centro de reciclaje —dijo la
señorita Rita.

La señora Ana era la maestra
de arte.

Se asomó a la caja y vio los cartones de huevo.

—Los usaremos para hacer un cocodrilo —le dijo a la señorita Rita.

Y se llevó los cartones de huevo
a su salón de clase.

15

La señora Luna, encargada
del comedor, vio las botellas
y los frascos.

—Los usaré para mis mermeladas
—dijo.

Y se los llevó a su casa e hizo
muchas mermeladas.

El director se iba a mudar de casa.

Necesitaba algo para envolver
su vajilla.

21

—Estos periódicos son justo lo que necesito —le dijo a la señorita Rita.

Y envolvió toda su vajilla con
los periódicos.

El conserje vio las latas.

—Ya sé qué puedo hacer con
estas latas —dijo.

La señora Sofía, maestra
de deportes, vio la ropa.

—Esto es justo lo que necesito
—le dijo a la señorita Rita.

Cuando la clase fue a recoger
la caja, estaba vacía.

—¡Todo se recicló!

—dijo la señorita Rita.

¡Así que empezaron a reciclar de nuevo!

Más *Read-it!* Readers

Con ilustraciones vívidas y cuentos divertidos da gusto practicar la lectura. Busca más libros a tu nivel.

Campamento de ranas	1-4048-2682-3
Dani el dinosaurio	1-4048-2706-4
El gallo mandón	1-4048-2686-6
El mono malcriado	1-4048-2688-2
El salvavidas	1-4048-2702-1
En la playa	1-4048-2685-8
La cámara de Carlitos	1-4048-2701-3
La fiesta de Jacobo	1-4048-2683-1
Lili tiene gafas	1-4048-2708-0
Los osos pescan	1-4048-2696-3
Luis y la lamparilla	1-4048-2704-8
Mimoso	1-4048-2710-2

CUENTOS DE HADAS

Caperucita Roja	1-4048-2687-4
Los tres cerditos	1-4048-2684-X

¿Buscas un título o un nivel específico? La lista completa de *Read-it!* Readers está en nuestro Web site: *www.picturewindowbooks.com*